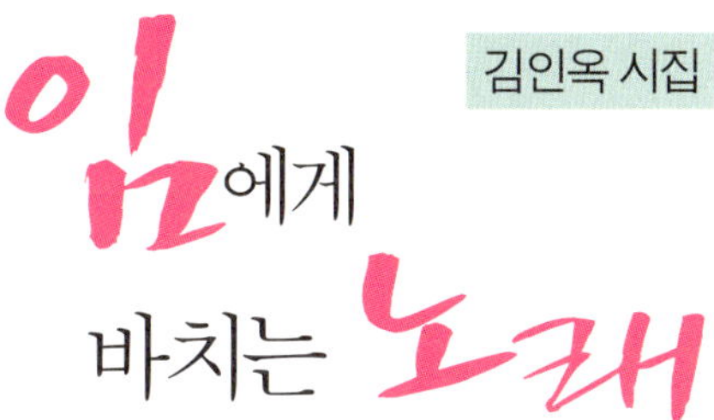

임에게 바치는 노래

한누리미디어

국립중앙도서관 출판시도서목록(CIP)

임에게 바치는 노래 : 김인옥 시집 / 김인옥. -- 서울 : 한누리미디어,
2010
    p. ;   cm

ISBN 978-89-7969-367-6 03810 : ₩8000

한국 현대시[韓國 現代詩]

811.7-KDC5
895.715-DDC21   CIP2010001912

부친 김부용(金父容, 자 : 광석, 족보명 : 광배)　　모친 손언년(자 : 윤석)

김해김씨 안경공파 22대손 저자 김인옥의 결혼 모습(1970년 3월 29일)

저자의 생가(충북 괴산군 연풍면 삼풍리 - 화성 24번지)

저자의 가족이 한 자리에

제2회 둔촌시조백일장 모습

탄천문학회 낭송

제47회 서울시단 시낭송회에서 시를 낭송하는 저자

푸른시문학회 김태호 회장님과 함께

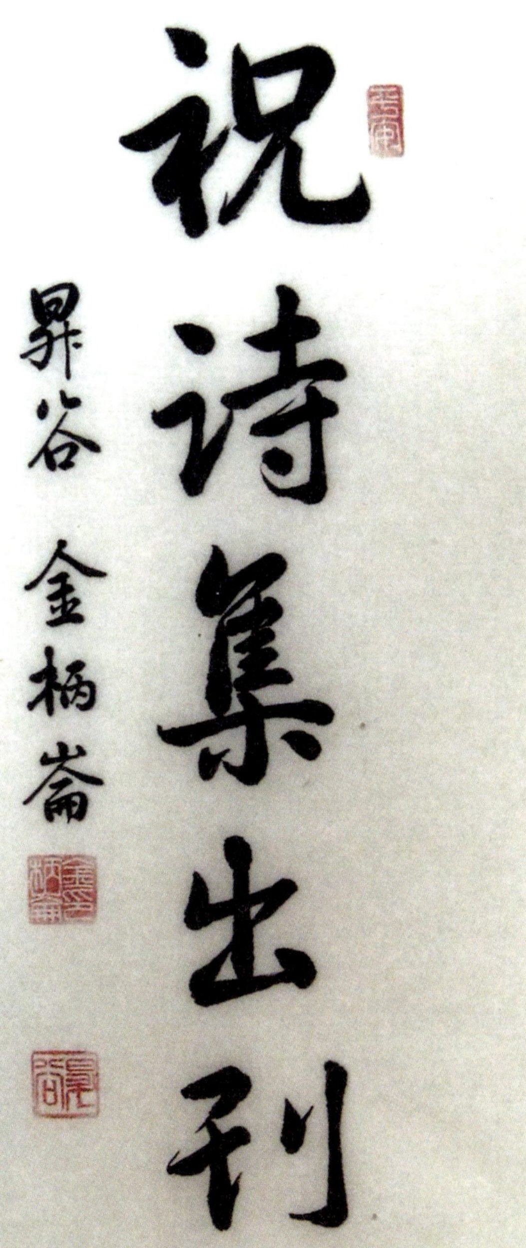

승곡 김병륜 선생의 시집 출간 축하 휘호

京派行列表

金海金氏安敬公派(京派)行列表

金寧君(五十一世)諱牧卿派	派別	京派世數	自始祖王世數
永	1	7	57
世	2	8	58
壽	3	9	59
希	4	10	60
盡,直	5	11	61
承,守	6	12	62
洪,大	7	13	63
宇,夏	8	14	64
熙,瑞	9	15	65
祚	10	16	66
鉉	11	17	67
濟	12	18	68
植	13	19	69
顯	14	20	70
培	15	21	71
鍾	16	22	72
泰,洙	17	23	73
榮	18	24	74
謙,燮	19	25	75
載,在	20	26	76
鎮	21	27	77
浩	22	28	78
根	23	29	79
益,性	24	30	80
用,坤	25	31	81
鎬,錫	26	32	82
淳	27	33	83
東	28	34	84
烈,煥	29	35	85
重	30	36	86
善,鎔	31	37	87
洛	32	38	88
相	33	39	89
炯,炳	34	40	90
奎,基	35	41	91

中祖諱牧卿부터十八世로起字라

十八世	濟○
十九世	○植
二十世	顯○
二十一世	○培
二十二世	鍾○
二十三世	○泰洙
二十四世	榮○
二十五世	○謙燮
二十六世	載在○
二十七世	○鎮
二十八世	浩○
二十九世	○根
三十世	益性○
三十一世	○用坤
三十二世	鎬錫○
三十三世	○淳
三十四世	東○
三十五世	○烈煥
三十六世	重○
三十七世	○善鎔
三十八世	洛○
三十九世	○相
四十世	炯炳○
四十一世	○奎基

金寧君十八世 安敬公十二世 — 濟○

著者 家系 世系圖

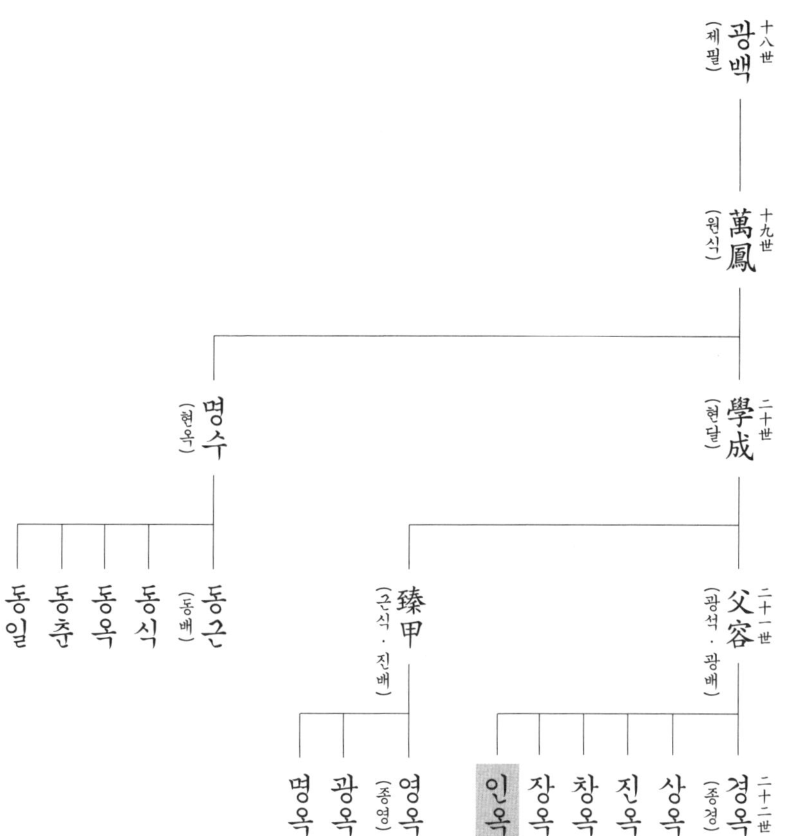

▶ 족보/ 저자 관계보 보기
金海金氏瓊源大同世譜(갑편27권) ※이슬로 37쪽 참조

▶ 문예활동
　푸른시문학회 회원
　탄천문학회 회원
　한국작가 회원
　장애인문학연대 회원
　충북문학 · 괴산문학 出鄕 회원

▶ 낭송활동
　서울시단 회원

▶ 동인지
　청하백일장(수상집)
　푸른시문학(누군가 내게 꽃을 건넬 때)
　성남문학(제32집)
　탄천문학(창간호, 제2호)
　괴산문학(13호)
　도서관 가는 길(제3집)
　時調生活(2006 겨울호)
　새시대시조(2008 여름호)
　한국작가(제23호)

책머리에

오늘의 기쁨과 영광을 주님께 바칩니다.

이 책은 국가가 선진문화로 정착되어 가는 길목에서 필자는 경기도 성남시의 개인 창작시집 발간비 지원에 응모하였는 바 소정의 심사를 거쳐 성남시문화예술발전기금 지원으로 출판되는 시집입니다.

시낭송가로 문학의 길을 걸으며 내가 살아있음을 확인하곤 합니다. 하찮고 보잘것 없는 재목이지만 살아온 경험에서 우러나는 가슴 속을 시라는 틀에 형상화하여 세상에 조심스럽게 선보입니다.

그동안 시를 이해하고 도와준 내자內子에게 시집에 마음을 담아 고마움을 전하며, 이 시집을 엮는 데 서문을 주신 청하靑荷 성기조 박사님, 축하의 휘필揮筆을 주신 승곡昇谷 김병륜 선생님, 詩를 번역해 주신 홍윤기 박사님과 한상진 선생, 또한 성남시문화예술과 발전기금 담당자와 한누리미디어 김재엽 사장님, 그리고 끊임없는 지도指導와 평을 주신 여운黎雲 김태호 선생님께 깊은 감사를 드립니다.

2010년 6월

詩峰 김인옥 識

시집을 출간하는 김인옥 시인께

성기조
(시인, 한국문인협회 명예회장)

　김인옥 씨가 시집을 낸다고 원고를 들고 왔다. 서문을 써달라는 주문이었는데 이 분이 가지고 온 원고는 시집을 내기 위하여 편집한 가제본이었다. 이 원고를 받아 놓고 차일피일 3주가 지났다. 더 오래 놔둘 수 없는 지경에 이르러 주말을 이용하여 원고를 읽기 시작했다.

　김인옥 씨는 본격적인 문학공부를 때 맞춰 하지 못하고 나이 들면서 책 읽기를 게을리 하지 않다가 문학, 특히 시에 마음이 끌려 일생을 씨름한 사람이다. 나와의 인연은 내가 개최하는 전국청하백일장에 참가하여 수상한 이후로 한두 차례 만났으나 그 때에도 별 말이 없어 습작을 하겠거니 지나쳤다. 그 뒤 풍문에 들으니 한민족통일 전국문예제전, 서울교대 '전국시조백일장', 둔촌시조백일장, 전국장애인 수기공모 등에서 입상한 경력을 가지고 꾸준하게 활동해 왔단다.

참으로 장하다. 한 번 해 보고 싶은 일이 있으면 손 놓지 않고 한 평생을 해 나간다는 게 얼마나 소중한 일인가. 이 점이 김인옥 씨를 존경하는 까닭이다. 그런 전력이 있었기로 성남시의 문예진흥기금을 받아 시집을 출간하게 되기도 했을 것이다.

김인옥 씨는 김태호 시인, 김석철 시조시인에게서 지도받고 이제는 탄천문학의 동인으로 활동하는 성실한 시인의 반열에 오른 분이다. 그가 이번에 출간하는《임에게 바치는 노래》는 일상의 삶에서 얻은 주제를 살아가는 지혜로 해석하여 시로 빚어낸 것들이다.

시는 일체의 사물에 관하여 일어난 감흥이나 상상 따위를 일종의 리듬을 갖는 형식에 의하여 서술하는 것이기 때문에 문장이 곱고 아름다워야 한다. 물론 이런 생각이 주정적인 서정시를 발전시켜 온 까닭이기도 하지만 김인옥 씨도 이 범주에 속한 시인임이 분명하다.

그러나 일부의 시인이나 비평가들이 시를 목적을 가진 언술言術로 보고 서정시를 평가절하하는 일이 있어서 우리를 슬프게 한다. 이런 현실과 관계 없는 태도를 유지하면서 우리 시의 전통을 지켜내고 서정의 새로운 개발과 변신에 노력하는 시인의 대열에 서 있는 김인옥 씨는 시 쓰기를 더욱 활발하게 전개하여야 한다고 말하고 싶다.

창틀이 오선지인가
숱한 음표 날아와
악보를 그리네

크고 작은 빗방울
건반을 치듯
나뭇잎에 통통 튀며
타악을 치면
가락에 취한 가지
너울너울 춤을 추네

– 시 〈비의 향연〉 1, 2연

빗방울이 건반을 친다는 착상은 새롭고 신선하다. 그리고 땅을 향해 떨어지는 비를 '숱한 음표'로 보는 시각도 새롭다. 이런 서정성이 깃든 표현이 시의 묘미를 한껏 자랑한다.

비바람 한파에도
묵상하는 네 모습

체구만큼 듬직하고
자태처럼 의연한 너

하늘 아래 천연 석물
너를 닮은 돌이 되리

– 시 〈남해 비경〉의 전문

남해에서 제일 아름다운 산, 비단산(금산)을 노래한 시다. 조선의 태조 이성계가 그 산 속에 있는 절에서 기도하여 나라를 얻은 뒤, 고마운 마음으로 온통 산을 비단으로 덮었다는 전설이 있어 비단산(錦山)이 되었단다. 그 산 위에서 내려다보면 금산해수욕장의 아름다운 경치가 한 눈에 들어온다.

"비바람 한파에도/ 묵상하는 네 모습"은 금산이다. 산에 널려 있는 바위가 얼마나 아름다웠기에 "하늘 아래 천연석물/ 너를 닮은 돌이 되리"라고 감탄했겠는가. 자연은 시보다 아름답다. 그러나 시는 자연이 있기 때문에 문학으로서 존재한다.

비록 늦은 출발일지라도 주춤거림이 없이 힘 있게 걸으라고 말하고 싶다. 보폭을 넓혀 뚜벅뚜벅 걷는다면 한국시단에서 한 자리를 차지하게 될 것이다. 작고 낮은 산이 많아야 큰 산봉우리가 존재하듯 김인옥의 호대로 시봉詩峰을 이루어 내기를 바랄 뿐이다.

차례

제1부 _ 임자에게 바치는 노래

Contents

차례

제3부 _ 우리 장모님

Contents

제4부 _ 꽃동네를 아시나요

차례

Contents

제6부 _ 첫눈이 오네

차례

제7부_ 아침 산행

서시

황혼 길에
우리 부부
금강산에 섰습니다

반세기
손잡고
숨찬 길을 지나서

날을 듯이
원앙처럼
다복하게 섰습니다

아내와 함께 금강산에서

제 **1**부

임자에게 바치는 노래

임자에게 바치는 노래

― 사랑한단 말

검은 머리 마주 풀고
서로 맡긴 우리 운명
꽃잎 지는 세월은
곱게 물든 노을 앞에 섰네

터널에 들 때에도
등불이 될 때에도
미처
하지 못한 한 마디

거친 손 슬며시 잡아보며
사슴 속 담아둔 말
언제나 임자를
업고 다닌다네 이 사람아

임자에게 바치는 노래

보리농사

보리 심은 화분을 손녀가 가져왔다
화분 위로
푸른 물결 일렁이고
찔레꽃 곱게 피던 고개 너머
허기진 유년의 산하가 떠오른다
양지바른 그 비탈에
메마른 괭이소리
별빛 밟으며 달빛에 일군
상처 아문 중의적삼 같은 보리밭
지금은
안개에 가린 보릿고개
각기병 아이처럼 모질게 자라던 보리가
가뭄으로 시드는 한 뙈기 가슴에
시르죽은 얼굴
먼 산 바라보는 눈에 어리는
노을빛 먹구름이 석양에 붉어질 때
그때는 왜 몰랐을까
보리농사가 아버님의 눈물인 것을
세월강이 깊어갈수록
처진 어깨 구릿빛 얼굴만 그립습니다

달

끝도 없이 넓은 하늘
초승달로 떠서
바람 뚫고 구름 지나
서녘으로 가는가

정한수 떠놓고 지새우는 밤
가슴 속 거뭇한 멍이 들어
반달로 여위어가도
환한 빛에 가려
달무리로 우시는 줄 몰랐습니다

만월 되어 밤마다 조금씩
뜯기우는 젖가슴
어머님 기도를 몰랐습니다

초승달같이 굽어드는
내 허리를 만져보며
어머님 사랑 그립니다

이제사 빛을 다스려

길 떠날 즈음에야
어머님 생각하는
뜨거운 눈물 흘립니다

그리운 산하

달걀 흰자 같은 사람

갈잎 같은 몸
시들어가는 얼굴에
한 점 두 점
흑장미가 피어나는데

아직도
옹이 박힌 손바닥에
호미자루 못 잊어
남이 된 텃밭 안부를
묻고 또 묻는다

어쩌란 말이냐
바람 부는 대로
가야 할 길인 것을
동구 밖 나설 적에
뒤돌아보지 말자고
약조하지 않았던가

떠도는 바람

칡넝쿨 우거진 철조망 아래
이름 모를 철모
다친 상처 아물지 못해
녹슨 낯빛 애달프다

한으로 멍든 반세기
철따라 오가는 철새를 보며
고향의 부모님께 안부를 전하지만
오늘도 말없이 오가는 구름뿐

세월은 쌓여 뫼를 이루고
백골은 삭아 꽃이 되는데
철모 곁에 떠도는 바람
잠들 날 있으려나

소낙비

비 내리는
저수지에
수제비가 가득 뜨네

동무들과 물 위에
돌팔매로 띄우던
시장기

한 자락 구름 속에
잠들었던 추억
빗길 위에 어려 오네

A Sudden Rain

Floating ship in the reservoir
Putting flakes of dough into clear soup

With the comrades
Sailing the hunger by Skimming pebbles

Sleeping reminiscence in a cloud
Now coming shine in a rain

Translated by Sang-Jin Han

결혼반지

귀뚜리 우는 밤에 멍석을 펴고
팔베개하고 누웠으니
먹 비단 위에 펼쳐 놓은
반짝이는 보석들 중
몇 개 골라
임자에게 주고 싶다
제일 반짝이는 것은 목에 달고
한두 개 더 골라 귀걸이 하면
우리집 그 사람 별보다 돋보일까
하지만 반세기
언약을 간직한 채
문갑 속 잠자는 은가락지
가슴 설레던 그 약속 고이 지녀
어둔 밤을 지키는
순정보다 못하리라

비의 향연

창틀이 오선지인가
숱한 음표 날아와
악보를 그리네

크고 작은 빗방울
건반을 치듯
나뭇잎에 통통 튀며
타악을 치면
가락에 취한 가지
너울너울 춤을 추네

한 줄기 향연이 막을 내리면
땡볕에 늘어진 신록들
산뜻이 생기를 찾고

산야에 젖어든 화음
하얀 깃을 날리며
어머니 품으로 돌아가는데
하늘은 탁 트인 가슴 열어
다음 연주를 준비하네

상주가 되어

숭례문이 화염에 녹아내렸다
국화 한 송이 올리며
추모 소리
곡 소리
방방곡곡 하늘에 닿았네

영욕의 세월 질곡의 역사
육백년 지켜보며 살아온 증인
돌 하나 기와 한 장
숨쉬는 조상의 얼
부모영정 뫼시듯 거두어야 하리
자손만대 보여야 하리

이제
슬픔 딛고 다시 맞는 봄
금강소나무 모셔와
충혼탑 세우듯 다듬어서
구천 떠도는 국보1호 숭례문
다시 우뚝 세우고저
칠천만 상주 간절한 뜻 모아

제 2 부

시 낭송나라

시 낭송나라

교육 비자를 받았네
체류 석 달에 중복연장 가한

바티칸 같은
나라는 아니지만
낭송을 전공하고 지도자 자격을 주는
심금을 울리는 시심의 나라
광진문화원

애절한 사랑
실향민의 애수도
녹슨 땅 절규까지도
가락으로 승화시켜 축복을 비는 나라

시의 거리에는
한 시절 풍미하던 시인들을 모아서 놓고
장바구니 시심을 촉발하며
책가방의 인성도 길러 주며
나그네 걸음 무거운 마음까지
위로 받게 하는 곳

강변역 오가는 길손처럼
곶감 먹듯 아쉬운 날 다 보내고
꽃같이 피던 부푼 꿈
가슴에 맺힌 시정 풀 길 아득한데
살 같은 세월은 등을 미네

봄을 맞은 연꽃

— 靑荷 성기조 박사님

오는 사람 막지 않고
가는 사람 말리지 않는
강물 같은 어르신

문학 50년 회오리바람
펜대 하나로 지켜온
천연한 고목

봄을 맞은 문단 연못
넓고 푸른 잎이 가득
불심피어 만발하리

* 2010. 2. 7

그리움

만상萬象이 잠든 밤
어머님을 생각하면
가슴이 먼저 뭉클한
나이가 되었습니다

노을이 지면

어스름이 회색 숲을 덮는 초저녁 서로 등을 기대며 낡아가는 세월이 모여 시간을 쪼는 노인정에서 등 굽은 천사들이 낙엽 흩어지듯 갈 길이 벅찬 길을 지팡이 딛는 대로 따라 간다 긴 세월 거친 호흡 끝에 남은 썰렁한 침대 하나 덩그런 밥상 생각하면 지팡이가 휘청 기력을 잃는다 큰길에는 하루 노동에 즐거운 차들이 줄을 지어 충혈된 눈빛으로 바람을 몰고 지나가고 동녘 하늘 돋는 달에는 멀리 셈하고 온 초가지붕 생솔 태우던 아궁이 훈훈한 아랫목 질화로에 군고구마 군밤 까 새끼 입에 넣어주던 젊은 날이 달빛에 어리는데 힘없는 지팡이 시장기 기다리는 시멘트 숲속으로 난 길 가로등 밑을 조용히 빠져 나간다

남해 비경

― 남해 금산

비바람 한파에도
묵상하는 네 모습

체구만큼 듬직하고
자태처럼 의연한 너

하늘 아래 천연 석물
너를 닮은 돌이 되리

단 한 사람 · 1

고향 하면 떠오르는
마음 편한 얼굴

남 앞에선 훈아
둘일 때는 야야
한 잔하면 임마

만나면 그냥 좋아
마냥 웃는
핏줄 같은 사람

단 한 사람 · 2

찌개 하나 끓여 놓고
마주앉고 싶은 사람

부를 때는 선생님
남 앞에선 스승님
길을 갈 땐 동갑네
외로울 땐 술친구

산·1

산을 보면 늘
아버님 생각이 난다.

산길을 오르면 늘
인생같다는 생각이 든다.

어울리는 숲을 보면 늘
친구들 생각이 난다.

산을 대하면 늘
마음이 깊어진다.

山・1

－つも思い

山を見るといつも
父の思いが浮かぶ

山道を登るといつも
人生のような思いがする

うつそうとした森を見るといつも
友達らの思いが浮かぶ

山に行くといつも
考え事にふける

翻譯/ 文學博士 洪潤基

산·2

창문 밖
하늘이 옷고름을 풀어
빗물로 씻은 산정에
파란 잔디밭이 펼쳐졌다
산자락 돌아가는 선녀 옷깃
가슴을 여는 하얀 꿈
선명한 기슭에는
일상들이 줄달음치고
듬직한 체구를
바라보는 눈길
등 너머
작은 뫼 두 동이 어리어
구름길 이는 바람
내 가슴을 적신다

중학 동창 나들이

세븐클럽이 모처럼
유년의 꿈을 풀어가며
유람선에 우정을 실었다

질긴 세월 호수에 띄우고
하늘과 산이 강물에 어우러 든
도담삼봉 절경을 보노라니

청산에 든 술잔이
물보라에 춤추는 가락
휘모리장단에 녹는다

*도담삼봉 : 조선 개국공신 정도전이 즐겨 찾던 충북 단양 강 가운데 있
는 명소 전설로 정자 있는 가운데(남편) 하류(아내) 상류(첩봉)

시들지 않는 꽃

— 기축년 사월 열하루 이옥자 여사 고희 송축

충북 괴산군 연풍면 화성리
돌담집 단발머리 소녀가
은빛 머리 곱게 빗고 노을 앞에 섰네

아직도 마음은 홍안의 소녀
이 여사님 칠순은
세월을 못 느끼는 푸른 죽竹 마디
우물 같은 사랑 그늘과 향기는
여사님의 공덕

큰 자제분은 부친 유업 계승하여
교육에 헌신하고
막내는 공무 거쳐 사업가로 성장하며
두 따님은
법조계에 맡기고
꿈나무를 책임지니
가지마다 환한 꽃길이네

세월의 무게는 한 잔의 차 같은 것
가신 님 그림자 가슴에 묻고

비운 자리 지고 걸어온 길은
밤하늘 별자리였습니다

오늘 여사님 고희를 함께 송축하며
튼실한 자녀들을 기둥으로
복된 가운 영원토록 누리시며
만수무강하시기 기원합니다

동창회

연정은 아니야
만나면 그냥 좋은 거야
종이배에 실어 보낸 유년
바다 같은 가슴에 표류하고 있다
봄바람에 피던 꿈은
향기가 날았지만
간간이
움트는 그리움은
사공 없는 배가 되어
바람 부는 부두에 머물고 있다

동창회 불참한 날

체면도 허물도 없는 자리
받아주고 안아주는
안방 같은 모임

덧없는 세월 머리에 이고
철없는 세상으로 돌아가는
귀향길

개울물처럼 흘러간 날에
달빛 젖은 그리움
땟국 절은 가난도
그곳에 가면
별빛처럼 반짝인다

오늘은 어느 지붕 아래서
주고받는 술잔 정이 넘칠까
찬 바람이 옷깃을 파고드는데

2008년 동창 나들이

— 연풍초등학교 41회

진달래 개나리 향기 짙은 사월
코 흘리던 동심들이 봄나들이 나섰다

맑은 정기 어린 비경
월악산 주홀산 바라보며
신령이 점지하신 정한수에 목축이며
조령 관문 중성 초곡성을 숙연하게 돌아보고
선조 얼이 숨쉬는 성채城砦 앞에 머리 숙여
문경새재 과거 길을 선비인 양 넘었다

서슬 퍼렇던 청남대길
꽃비 흩날리는 관광길 되어
불원천리 찾은 손님
돌아앉은 인연 앞에
속절없이 흘러가는 세월
권세도 탐욕도 허무런가

안개 속 속살 감춘 대청일주로
산허리 감고 도는 물결 푸른 백리길
홍매화 복사꽃 흐드러진 댐둑에

바람에 기약 없는 술잔 날리며
대청댐아 현암사야
잘 있거라 고향길아
저무는 황혼들이 위하여를 외쳤다
가슴 가득 쌓인 우정 바람결에 띄우면서

동창생 조문하던 날
− 김달호 영전에

추억 하나
유성流星처럼 떨어졌다
호방한 그 웃음
다시 볼 수 없음에
술잔은 무겁고
가슴에는 비가 내린다

제3부
우리 장모님

우리 장모님

우리 장모님 춘추 여든 아홉
처남들과 처는
언제 무너질지 모르는
모래성을 다독이며 산다
날씨가 변해도
전화벨이 울려도
눈물보따리를
보듬고 산다

모시적삼

마루에서 반겨주시는 장모님에
판에 박힌 퇴근 인사
"다녀왔습니다"
언제나 웃으시는 얼굴이시다
하루를 마무리하는 시각
방문을 노크하는 다정한 인기척
"이것 좀 입어봐"
들고 계신 모시적삼은
생일선물이란다
창밖에 별들이 총총한 밤
손수 지어 챙겨 주신 정성
벽에 걸린 모시적삼이 자꾸
잠을 쫓는다

아버님 생각

남쪽 냉이바람
발 딛는 사이
앞산 시루봉
잔설殘雪 녹을제
이화령 열두 굽이
골골마다
진달래꽃 봉곳봉곳
떼지어 돋아나면
비탈밭 이랑 타던
소몰이 가락
이랑에 피어나는 아지랑이
아버님 콧노래가 들린다

밤에 피는 꽃

등 따뜻한 기억
흘러가는 밤물소리가
저 멀리
앞서가는 시간들을 불러 세웠다
허기를 채워주던 산나물도
고맙던 유년
빈손 마주잡고 다짐한
신접살림
새벽별이 지기 전
도시락 체온이 고맙던 시절
잠자리 곁에서 서성이면
눈앞에선 영롱한 꽃들이
송이송이 아롱댄다

짚신 · 1

밤을 낮삼아
늘어진 어깨 추스르며
호롱불 벗삼은 신발
창호문이 눈 뜨면
봉당에서 나를 기다린다

새신 채여 꽃피는 복상씨
하교길 걸음이 무거우면
멀리 차 던져놓고
밥상 앞으로 달려갔지
엎어지면 감자죽
자빠지면 강냉이밥

길이 험타 엮은 정성
고향집 마루 밑에 늙어가면서
일년에 한두 번 반길 때면
청산 계신 봉분 그리며
저도 자식 길에 짚신 되려
밤을 낮삼아 뜬답니다

짚신 · 2

코 흘릴 적 신발은 짚신이었다
짚신을 신고 학교에 가고
짚으로 만든 공을 차며 놀았다
공은 공대로 짚신은 짚신대로
콩나물 교실에 벗어놓은 신발
급할 때는 발에 맞으면 내 짚신
남의 짚신 가리기도 어려워
새 짚신 걸치는 날 몸이 날렀지
꿈 속에나 만나는 분신 같은 신발

죄송한 추석날

막차 떠난 고향길
마음만 가네

낮달처럼 외로이
반달로 굽은 허리

가슴에 천리길을
펼쳐 놓고

지는 놀 내다보며
동구 밖만 보실 텐데

고향 · 1

봉峯은 삼형제
시루봉

가을을 풀어
색동으로 칠해서

가슴에 한 폭
걸어 놓고

밤마다 그리는
시루봉

* 시루봉 : 충북 괴산군 연풍면 화성리 앞산

고향 · 2

환히 보인다
영원한 쉼터

나비 되어 찾아갈
꽃마차 길

뿌리가 잠든
저문 날의 집터

상추맛

고향집 뒷뜰 채마밭
상추 쑥갓 정구지
아버님 정성으로 싱싱하게 자랐다
온 식구 들일 가고
허허로운 집
책보자기 풀어 던져 놓고
바가지에 팡팡 튀는 상추 씻어
처마매단 광주리
날러가는 보리밥
볼 터지게 먹던 일
상추 보면 생각나는
아삭아삭 고향맛
입안 가득 고여드는
향기로운 그 맛

고향생각

고향 그리는 나그네
한 잔 술에 밤이 깊으면
창 너머 별빛 따라 흐르는 마음
장작불 달군 구들 눈에 어리어
그네 타듯 훌쩍 찾아가는 고향

길손이 울고 웃던 문경새재
이화령 열두 굽이 돌아 첫 동네
장끼소리 이 산 저 산 넘나들고
식솔들의 허기를 방울소리 묻으며
비탈밭을 감돌아 쟁기 모는 가락
아롱아롱 진달래꽃 향기 속에 피어난다

뒤꼍 산수유 노란 눈망울
시린 바람 몰아내며 몽을몽을 돋아날 때
울 너머 단발머리 나물바구니
아지랑이 꿈길 따라 들녘에 선다

한가로이 버들치 유영하는 냇가
호미 묻어나는 어둠을 씻어내면

저녁 연기 나즉히 잠이 들고
초가삼간 창호지에 비친 황토빛
학교 간 어린 것들 얼굴 밝히며
한 땀 한 땀 걸음을 재고 있던 그림자
무지개빛 달무리로 다가옵니다

겨울 다랑논

눈발이 다랑논에 이불을 덮고
겨울이 두껍게 얼면
썰매 멘 동무들과
논둑 밑에 모닥불 지펴 놓고
엉덩일 들썩들썩 이리 저리
두 다리 벌렁 논배미에 눕습니다

산 그림자
얼음판을 밟고 오면
아랫목 질화로가 눈에 어리어
저녁연기 피는 곳에 걸음이 바쁩니다

두 손 호호 불던 외길 논둑길
겨울나비 어깨 위에 춤추던 시절
다랑논 추억이 눈발 속에 어립니다

별이 되어

아득한 시간 너머
옹달샘 맑은 눈빛
뒤척이는 밤하늘 별이 되어
흘러간 뒤안길 밝혀 준다

동산에 진달래 붉게 피고 흐드러지고
나물바구니 봄나들이 때
클로버 꽃반지 만들어
건네주던 갈래머리

드넓은 세상을 가슴에 품고
기찻길 오르더니
이제는 가슴별 되어
고향길에 이따금 뜨고 진다
지울 수 없는 별이 되어

고향수박

형수가 보내준
수박 한 덩이에 더위를 녹이며
흙에 가신 부모님이 그리워서
빛바랜 사진첩을 뒤적인다

고향을 지키는 너그러운 미소
뜨겁던 운동회 날 달리기 사진
호박넝쿨 흐드러진 초가삼간
할아버지 아늑한 등이 보이고

진달래 복사꽃 나는 벌 나비
눈감아도 선한 푸른 두메
누워서도 자유로운 귀향길을
이 밤도 가슴으로 다녀옵니다

제4부

꽃동네를 아시나요

꽃동네를 아시나요

충북 음성
꽃동네를 아시나요

바람 불고 눈비 오면
꽃동네를 가보래요

눈 속에서도 피는 꽃
하늘하늘 아지랑이 꽃

춘삼월 눈 녹듯
어지러운 마음도
봄을 맞을 거래요

꽃동네를 아시나요
가슴 마다 피어나는
아름다운 꽃

노인정

아침 햇살 떠오르면
회색 숲속
왕년의 거목들이 하나둘
작지 짚고
노인정으로 출근을 한다

방석 위엔 때도 없이
난이 피고
단풍이 들고
비가 오면
십원짜리 동전이
마실을 오고 간다

오늘은 뉘 집 효부가
정성을 보탰을까
가벼운 수저들이
웃음꽃을 피우며
태산 같은 시간 앞에
쳇바퀴를 돌린다

까치밥

베란다에 내다뵈는
혼자 남은 빨간 홍시

경비원의 너그러움
어느 새가 갈러갔나

함초롬히 젖은 모습
찬바람을 녹이네

노숙자

— 2009년 봄에

출근은 공원으로
퇴근은 지하상가

잘잘 끓는 아랫목
팔팔 끓는 된장찌개
눈에 삼삼 얼굴들이
잠을 쫓는 밤

신문지 홑이불이
동트자 깨어날
꿈이었으면

농민 시위하는 날

철갑선 바람 앞에
돛단배 가야 할 곳 어디인가
사공 잃은 나룻배
정박할 곳 없어라

고속으로 달리는 길
경운기 경적소리
매연 속에 묻히는데

빈농들만 합창하여
하늘아 하늘아
천하지대본 깃발소리만
허공으로 메아리진다

농심 · 1

빈 들녘
허수아비

빈 가슴
정둘 곳 없어

하루 해가 저무는
노을만 본다

농심 · 2

자갈만 남은 비탈밭을
누런 황소 앞세우고
쟁기몰이한다

밭머리 남의 쟁기
삭은 눈물만 흘리면서
집 주인 기다리는데

우리집 몽당쟁기
힘겨워 섧다고
이슬 걷어차며 징징댄다

꽃바람 아쉬워 가래질해도
쭉정이만 남는 가을걷이
늘어나는 빚가리에 허리가 휘어
뜬구름에 한숨을 실어보지만
이 골 저 골 울리는 메아리뿐이로세

울거라 쟁기야 원없이 울거라
내년 밭갈이 할지 말지 하나니

괴산 고추

― FTA 바람 앞에

거스르지 못할 칼바람에
흔들리는 농심

황금 들녘 어두운 마음
길 잃은 농로에 비틀거리고
주인 없는 외양간
코뚜레만 썰렁한데

맵고 튼튼한 괴산 고추
금줄인 양 산야에 널려
서러운 가을 농심
보듬어주네

흘러 간 강물

충주시 성남동 3번지
도야지가 식구처럼
대접받던 집

아들딸 사남매
철철이 학자금
대주던 돼지 우리

회색 숲에 가려
은혜도 냄새도
구름 위로 떠다닌다

삼촌 집

숙부님 계실 적에
안방 문이 가볍더니
숙모님 드나들던
부엌문도 헐겁더니
어르신 떠난 후로
대문 열기 버거워라

기제사

명절날
당숙님 하시는 말씀
고조부님 제사 없어지면
집제사만 따로 지낸다고……
그때부터 기제사엔
오촌 육촌 그림자도 볼 수가 없었네

삼촌이 음복하며 말씀하신다
길 막히는 세월 되었으니
저녁 겸 잔 올림이 어떠냐고
이제부터
밤참 없는 제삿날이 되겠구나

오늘밤은 형님이 말씀하시네
모두 바빠 모이지 못할 바에는
명절 차례만 올림이 어떠냐고

탯줄 달린 자식들
뭐라 할까
처삼촌 벌초하듯 하는 제사
묏등에 잔만 올리자고 하면

사할린의 비

추운 나라로 끌려 갔다
황소같이 순한 눈빛으로
게다짝이 끄는 대로 다소곳이
모진 목숨 부지하려 끌려 갔다

별빛 보고 막장 가고
달빛 보고 한숨 쉬며
허기를 달래는 냉수 한 사발
오찌아탄광은 그렇게 저물었다

부모형제 그리워서 오십년
살구꽃이 보고파서 오십년
하고 많은 밤 뻘밭에서 흘린 눈물
사할린의 잦은 비로 내렸답니다

사할린의 귀환

이 비극을 아는가 조국은
천지신명도 눈감은
저 피울음소리

오십년 표류하다 찾아온 조국
아득하던 고향 산하
꿈길에도 그리던 부모님은
국화꽃 받으시며 반깁니다

한 서린 눈물 한 잔 부어놓고
마른땅 두드리지만
메아리 없는 울부짖음은
소슬바람에 흩어집니다

사할린의 바람

동해바다 건너오는 봄바람아
찔레 향기 품고 오는 고국 바람아
한반도 지나올 때
이화령고개 넘었더냐
산 아래 첫 동네 봄소식 전할 적에
울할매 산소에 잔디는 고르더냐
뒷동산 진달래꽃 지금도 피었더냐
타국 땅 나그네길 설움도 지쳤거니
부모님 그리는 눈물도 말랐더라
서녘에 지는 노을 우련하여
한 생애가 바람 앞에 고개 떨군다

그리운 아침소리

적막한 동산 아래
선잠을 깨우던 소리소리

문풍지 나팔소리
사립문 요령소리
울타리 까치소리
마당 쓰는 싸락눈소리
부엌 삭정이 해탈소리

그리워 찾아온 귀향길
낙엽 뒹구는 소리만
나그네 심사를 울리네

제5부

남한산성

양은도시락

임자 없는 날
공복을 채우려
찬장문을 열었다
어두컴컴한 구석에
낯익은 얼굴이 나를 반긴다
퇴락한 육신처럼
뒷방신세가 된 양은도시락
사랑받던 시절을
꿈속에 잠재운 채
녹슬어가는 우정을
지키고 있다

댕기머리

빨간 댕기머리
잡아보고 싶었어

빨래하는 뒷모습
오래 보고 있었지

나물 캐는 바구니
따라가고 싶었어

방긋 웃는 그 모습
꿈길에서 만났지

흘러 간 구름

별빛 찬란한 밤이면
잔잔한 물결 일듯
흘러 간 세월이 밀려와
묻어둔 마음을 뒤적인다.

하늘 무너지던 날
부러진 가지 잡고 오열하던 아픔
허리띠 졸라매며 더듬던 밤길

가슴에 잠든 사연들이
걸어둔 빗장 문을 걸어 나오면
영롱한 이슬로
하이얀 베갯잇을 적신다

소중한 세월

잡을 수 없는 것
달리는 세월에 실린
하 많은 사연 돌아보지만

소년은 간 곳 없고
백발만 남아
녹음 짙던 자리
노을 속에 잠기는데

빈 들녘 허수아비처럼
산정 머문 해를 보며
아쉬운 지난날을
꿈결처럼 돌아본다

포도밭

얇은 햇살로
익어가는 가을

땀방울로 알알이 찬
농부의 꿈이

주렁주렁 포도밭은
만삭입니다

고향벗 가던 날

깔깔대며 물장구치던 아이
백발되어 돌아왔건만
그리던 여울은 가슴에만 흐르네

속살 훤히 드러내놓고
조잘대며 송사리와 벗하던 냇물
산야는 예대론데 물길만 간 곳 없네

참외서리 달다 쓰다 킥킥대던 동무들
꼴망태 베개 삼아 별을 헤던 벗님네
빛 따라 하나둘 떠나간 빈 자리

소반 주전자 벗을 삼아
뜸부기 우는 밤을 홀로 지새니
아련한 추억만이 잔 속에 녹네

수원산성

천지가 울던 그 날
선열의 고귀한 피가
성벽에 얼룩졌을 터
그 영혼 편히 잠들었을까
신성한 곳에 고성방가 난무한데
산성은 말이 없네

남한산성

남한산성 성벽 타고
바람 속에 묻어오는 말굽소리
달빛을 밟으며 달렸을 병사

지금은 어둠에 묻힌
별이 되었거나
눈 못 감고 떠도는 영으로
피눈물 산하에 뿌려 봄날
진달래 철쭉으로 피어났을까

우국충절 식어가는 세상
말없는 산성은
선혈을 품고
흘러가는 구름 벗 삼으며
배달의 정기를 지키고 있네

우리 동네 · 1

고개 떨군 노인이라도
찔레 향기 따라 이른 아침
불곡산을 오르고
이슬 같은 산새소리 신록에도 젖는다

손자 손녀 앞세워
남한산성 올라
선열이 밟은 자욱
오솔길 걷노라면
내 나라 내 강토 새로워지고

향기로운 마음 꿈길에 흐를 때는
호미 끝 묻어나던
흙냄새 그리워서
시골 향기 물씬 나는 모란장도 돌아본다

휘영청 달빛 밝아오면
별빛 속에 아른아른
피라미들 유영하는 탄천이 으뜸이라
금수 성남 분당은 제2의 고향

우리 동네·2

황무지 벌판에 둥지를 틀고
타향지기 이웃들과
가슴을 나눈 16년
질척거리던 한 때를 지나
지기들과 옛 이야기하며
시심을 나눈 지 십여 년
석양 비친 황혼에도
동녘 하늘이 숲을 깨우면
검단 망덕 불곡 영장 청계산
푸른 동산 허파 골라
아침맞이를 가도 좋은
천하 명당 성남은 제2의 고향

十月 불곡산

한여름 격정은 가고
한나절 햇살이 엷어진 계절
옷 갈아입는 불곡산을 오른다

빨강 노랑 주홍빛
점점이 수놓은 천으로
저고리부터 지어 입고
소슬한 바람 앞세워
말없이 산을 감도는 가을

굴참나무 손 흔들어
이별하는 자식들
도란도란 굴러 내리며
길 떠나는 귀염둥이
다람쥐 청설모 놀이가
발길 잡는 十月 산

불황에

— 2008년

새벽기차가
하얀 머플러를 날리며
힘차게 달리던 길

속 타는
검은 연기 뿜으며
터널길을 달린다

목마른 기적
새벽길 따라오라며
차디찬 밤길을 가고 있다

해고바람

하늘이 어둠을 몰고 왔는가
어둠 속 더듬는 길

출구는 보이지 않고 답답한 길은
끝없는 함정

길은 먼데
돌부리만 발에 채인다

이웃사촌

임자
고향 옆집
기제사 오늘이지 아마
글쎄요
담 넘겨주던
제삿밥 생각나네

임자
아랫층 집 이사 오데
그래요
무얼 하는 사람일까
글쎄요

휴전선보다 더 먼
다섯 치 벽
사립문 제치듯
가슴 열어 놓을 동네
어디 없나

바다가 그리운 날

바다가 그리우면
등 푸른 식단을
강조하는 아내

현관에 들면
집안 가득 넘쳐나는 바다
먼 길 달려와
석쇠 위에 누워 있다

해마다
동해바다 해변으로
푸른 파도 넘실대는
야자 그늘 아래로
구구열차를 타는 가족

팔베개하고 누운 꿈길에는
한 무리 돌고래 떼가
파란 물살 가르며 달리고 있다

제6부

첫눈이 오네

첫눈이 오네

초저녁 싸라기 떨구더니
밤새 하얀 꽃잎으로
세상을 덮는다

마당에는 참새가
울타리엔 까치가
골목에는 악동들이
눈꽃 위에 노니는데

어린 시절 그리움
한 입 문 가슴에는
두고 온 산하가 녹아든다

병상일기

창문 흔드는 스산한 바람
침상에 야위어가는 숨소리
세상 끝이
저만치 보이는 것같아
문득
허드레 삶을 접어 본다
돌아보는 일흔 고개
굽이굽이 숨찼던 길
가리고 싶은 세월만
방안 가득 쌓이는데
껌벅이는 생명줄
떠나간 자리 크다고
일러 줄 이도 없어
때늦은 후회만
창 너머 달빛에 젖는다

거울 앞에서

거울 앞에서
지도를 봅니다
이마에 눈가에
걸어온 이정표

구름 뒤에 아련히
바람에 부러진 가지
냇물 같은 땀방울
흘러 간 자욱들이
일기장처럼 보인다

깊은 골 돌아 보며
남은 길을 가려네
부신 빛 앞에 무릎 꿇고
두 손을 모으면서

돌아 갈 수 있다면

물결 위에 낡은 배
비바람 맞으며 흘러 온 날들
부신 햇살 한낮은 가고
소리없이 어둠은 깃드는데

흘러 온 물길
다시 갈 수 있다면
돌아 갈 수 있다면
입에는 천근 추를 달고
디딤돌 가려 딛고
울 너머 슬픔에 귀를 세우고
못다 준 사랑 둥가질도 하고

강물에 꽃잎을 띄웁니다

강가에 서서

― 실업자

강물에 먹구름 몰아친다
하늘 무너지는 소리소리
갈대숲 놀란 새들도 날고
꼬리 물고 흐르는 물결 위에
접시처럼 떠가는 마음
바람에 흔들린다

지친 마음 쉬이려 강가에 머무는데
한가로이 유영하는 송사리가 행복하다
갈대숲에 찾아드는
한가로운 백로 날개
드리운 그림자도 부럽구나

짙어가는 강물에 흐르는 불빛
강가에 선 나그네
시린 가슴 헹구어 담고
강둑 향해 긴 그림자 끌고 간다

거미농사

꽉 막힌 벽 앞에서
텃밭을 일구는 거미
온종일
이랑에 거둘 수확
꿈꾸는 허기
다랑논 일구시던
산 사나이 생각처럼
태풍에 무너진 옥답을
사력을 다해 일구는
여름날 거미
해지는 줄 모르네

도시락 메모

하늘이 잔뜩 찌푸린 날
살짝 비둘기를 띄웠다

잠시 머문 구름
바람 따라 흘러가게

보리밥 도시락에 환한
보름달이 뜨도록

너는 몰라

― 앞서 보낸 아이 생각

아직도 못잊어
돌아보는 마음
너는
모르리

초롱초롱 별 보면
고개 숙여지는 마음
너는
모르리

이슬비 소리에도
눈감는 마음
너는
모르리

인생밭

애지중지 심은 두 그루
곱게 곧게 잘 자랐다

사랑이란 조리에
따뜻한 물을 담아
시들세라 밤낮으로
사시사철 뿌려줄 때

채찍보다 여린 눈물
가을빛으로 말리우고
맑고 밝은 고운 자리
다사로이 일구어서

밤낮으로 지은 농사
풍요롭게 수확하여
조상님께 바쳤으니
이제 우리 부부
너른 호수 유유자적하며
햇살 속에 거니세나

부부 노래

살아서도
한 이불에

죽어서도
한 무덤에

마주보고
누우리라

눈웃음에
한 목소리

괘종시계

징검다리 딛고 사는 몸

황소걸음
송아지걸음
토끼걸음
한울타리 가족

다정하게
어우르며 걷는 길
자욱 소리 멈추면
가족도 이별이다

한시라도 멈출손가
부지런히 살자며
목숨 벽에 기대 걸고
소리 높이는 괘종시계

해맞이

한 해 재 넘어 초하루
어둠 물리는 여명길
산정 향해
숨 고르고 있다

바람에 실린 사연
열지 못한 가슴
접지 못한 무릎
조목조목 새기며
나신으로 선 상수리처럼
훨훨 털며 일어섰다

황금 햇살에
눈부시게 일어서는 꿈
가슴 합장하는
힘찬 초하루

교회에 입문하며

허물 많은 육신
눈뜨고 행한
지고 다닌 짐들
내려놓고 싶어
해 다진 저녁에야
주님의 집으로 드옵니다
어리
어리디 어린 마음
측은히 여기시고
넓으신 품속으로
거두어 주옵소서

조시 弔詩

― 바람꽃문학회 김영택 영전에

야속한 사람
잔에 담아 비우는 말

서두르지 않아도
노을같이 지거늘
어찌 눈물 앞세워 가야 했던가
외로움 나눌 이 없는 긴 밤
홍매화 잡고 설움 달래던 사람아
가는 길 뒤돌아보고
은혜 입은 사랑 갚지 못해
애달파 하는 귀한 사람아
유명 달리하매
함께 나누지 못할 시심에
홀로 목메었을 사람아
다 피우지 못한 꿈 지고
구천 떠돌지 마시고
무릉도원 동인 만나
못다 푼 시심 구름 위에 피우시오
합장하여 비옵니다 비옵니다

보릿고개

보리 심은 화분을 손녀가 가져왔다
화분 위로
푸른 물결 일렁이고
찔레꽃 곱게 피던 고개 너머
허기진 유년의 산하가 떠오른다
양지 바른 그 비탈에
메마른 괭이소리
별빛 밟으며 달빛에 일군
상처 아문 중의적삼 같은 보리밭
지금은
안개에 가린 보릿고개
각기병 아이처럼 모질게 자라던 보리가
가뭄으로 시드는 한 뙈기 가슴에
시르죽은 얼굴
먼 산 바라보는 눈에 어리는
노을빛 먹구름이 석양에 붉어질 때
그때는 왜 몰랐을까
보리농사가 아버님의 눈물인 것을
세월강이 깊어갈수록
굽은 어깨 구릿빛 얼굴만 그립습니다

제 7 부

아침 산행

세상에서 제일 큰 산/ 낙엽/ 가을밤에/ 3월 창가에서/ 돌나물/ 낮달/ 가을 산책길/ 단풍길/ 구미동 놀이터/ 봄 오는 소리/ 가을이 영글면/ 지금 그 사람/ 아침 산행/ 월드컵/ 고향집/ 마지막 등불

세상에서 제일 큰 산

섣달 삭풍이 문풍지를 흔들고
무명옷 걸친 산이 가슴으로 듭니다
수척한 그 얼굴
일상에 쫓길 때는 비껴 있다
별빛이 외로울 때 찾아오는 산

산에서 살다 산으로 간 산사나이
누더기 같은 비탈에
젊음을 뿌려
아홉 수저 무게를 감내하던 산
농주 한 사발에 언제나
함박꽃처럼 환하시던 얼굴

걸으시던 그 자갈길
샛별 보며 사립문 열고
저녁별 보고 손 씻는 하루
후손들은 힘겹게 따르지만
보폭 좁은 이 발길은
타박타박 가신 길이 버겁습니다

낙엽

불려가는 뒷모습이 외롭다
소슬바람에 떠는 나그네
세월에 밀려가는
애잔한 모습

푸름 넘치던 낯빛
햇살처럼 빛나던 몸
비바람 시달리다
가네
구르며 가네

다 그렇게 구름 가듯 가는 길
모르리 없으련만
어이 가다 서며
뒤돌아보고
뒤돌아보나
갈 길 설워 흐느끼는 낙엽이여

가을밤에

억새꽃 하얀 산마루 돌아
달빛 앞세우고 오는 그림자
솜이불 끌어 덮어주던 손길
죽어서도 남을 그리움

아직도 곳곳에 살아 숨쉬는
어루던 정성 애련哀憐의 눈물은
시소 받침처럼
내 삶의 중간에 자리잡고

서릿바람 일어
옷깃 여미는 날이면
구름에 가리운 얼굴이
가슴 속 달빛으로 다가옵니다

3월 창가에서

창밖 그림이 살아 있다
회색 하늘 밑 한 폭 산수화
며칠 사이
연갈색 저고리에 연초록 바지를 입고
창문까지 다가왔다
돌아서며 멀어져 가는데
산빛 따라 일렁이는 마음
구름 저편 재 넘고 강 건너면
동산 솔밭머리 마른 젖무덤 둘
부처 같은 농부 내외
말없이 왔다 그리움만 남기고
구름 속에 묻는가

돋나물

밥상 위에
돋나물 물김치가
봄을 물고 걸어 나온다

고향 논두렁에 그 흔하던 나물
보릿고개 허기를
달래주던 양식

가슴에 배인 풋향기
눈 내리는 이 봄
어머니 손맛이 눈에 선하다.

낮달

동녘 하늘 햇살 비칠 때
하이얀 달이 서녘에 걸렸다
달 속에 비친 얼굴이
부드러운 미소를 짓는다
초승달처럼 야윈 허리
새벽 호미 들고
색 바랜 무명수건 턴다
아들딸 김장거리 텃밭은
달빛의 수영장이다
별들이 총총한 여름밤
지척인 고향길이 왜 그리 먼지
오늘도
허공을 오가는 길
부끄럽게 드리는 인사는
빛바랜 마음뿐이다

가을 산책길

이른 아침
은행나무 숲 거닐려니
마른 가을 잎들이
바람 쫓아 몰려다닌다

약수터 긴 의자
그녀 함께 머물던 자리에도
가을이 지나가다 머무는데

은행잎 건네며 살포시 웃던
박꽃 같은 그리움은
바람소리에 묻히고
옆자리 쓸어 보는 손길에는
가을 한 줌뿐이네

단풍길

익어가는 가을
새롭게 새롭게
색동으로 갈아입는 숲에
산밤나무 도토리가
알알이 산고를 겪고 있다

솔가지 풍기는 향기 맡고
갈대꽃 은빛 물결
숨죽인 노래 듣노라면
무서리 칼날에 지는 잎
애련한 눈빛 마주친다

허공을 날며
번뇌를 훨훨 터는 가을 나그네
쉬며 가며 소근대며 앞서가는
소슬한 자유를 본다

구미동 놀이터

삼월 햇살이 몸을 풀고 있다

산수유 가지마다
좁쌀 티밥 틔우며
거북등 뚫고
꽃망울 터치는 목련가지
부끄러운 자태 뽐내는데

긴 의자 나앉은 할머니들
봄바람에 취해
꿈길을 가고

그네 타는 병아리들
나비 날듯 곡예하며
해 가는 줄 모르네

봄 오는 소리

봉당에
삐악삐악
햇살 쪼는 소리

울밑에
사르르
잔설 녹는 소리

텃밭에
달 달그락
호미 노는 소리

가을이 영글면

산새소리 품고
소슬바람
산을 내려오네

산이 내준 길 위로
낙엽들이
산을 내려오네

색동옷을 갈아입으며
무리지어
산을 내려오네

지금 그 사람

강물에 띄운 엽서
그 사람
잊었을까

냉이 캐며 일군
아지랑이 꿈

모래밭에 쌓은
둘이 만든 탑

흘러간 세월
기억하고 있을까
지금 그 사람

아침 산행

산은 꽃바람 가르며 기지개를 켜는데
농지 버린 도회지 노년은 고적하다
한동안 뜨겁던 피도 삭아
아무도 지난날은 기억하지 않는 곳
산은 친구요 약방이다
어둠이 늙어 별들이 잠들 때
산이 나를 찾는다
새벽 햇살이 솟아오르고
은밀하게 더듬으며 길들여진 산길
동장군은 아직도 볼을 할퀸다
간간이 늦은 달이 웃는 날도
풀죽은 어깨에 날개를 달아보는 시각
걸음마다 솟아나는 그리운 산하
언제나 놓아 줄 수 있을까
무던히 견딘 비얄길
나도 한 마리 기러기가 되어간다
쉼터에 서 보면
짓궂은 바람이 공 차듯 가랑잎을 발질하고
수림에 산새가 건반을 치면
청설모가 잠자리를 털고 가지는 춤을 춘다

구불구불 오르다 내리는 인생 같은 길을 올라
찬란한 빛을 향해 달리는
산 아래 일상들이 한눈에 든다
무정한 바람만 푸르게 부는 곳
비탈에 널려 썩어가는 잡목들 시신을 보면
만상이 마지막 가는 길에 할 일이 무엇인가
산이 내준 길
그 속에 답이 있어 날마다 아침 산에
마음의 창을 닦는다

월드컵

– 2002. 6. 22

공 같은 지구에
열일곱 살 공의 축제가
대한민국 상암벌에 나래를 펴고
세계의 눈과 귀를 한 데 모았다

오대양을 두루 통한 동해 새벽 열고
한반도 정기 받은 둥근 공이
태극의 붉은 낯빛으로
용틀임하며 솟아올라

태평양 건너
개척의 땅을
감각적인 슈팅으로 넘고

대서양 건너
알알이 영근 포도땅을
재치 있는 드리블로 가볍게 지났네

유럽의 축구산맥 험준타 했더니
무궁화꽃 끈기로

르네상스 문화땅 위에 올라
오천년 역사가 만만치 않음을
세계의 눈앞에 펼쳤도다

숙원 사십 팔년 공 잔치에
무궁화꽃 활짝 피는 새 역사를 만드니
플라멩고 투우의 땅이
코리아 투혼 앞에 모래성이 되었으매
가자 사강으로

게르만 민족 땅을 접지는 못했어도
자랑스런 태극기가 요코하마 하늘에
너울너울 춤추지는 못했어도
잘 싸웠다

굳센 민족 힘찬 플레이로
만방에 코리아 씨를 뿌린 용사여
장하다 태극전사여
칠천만 겨레의 합창이여
길이길이 이어 빛날 자랑스런 전통이여

고향집

세월이 정지된 집

동트면 아버님 먼저
손잡으시던 사립문
낡은 담장 기대 조는데
인기척 알리는 기침소리만
귓전을 맴도네

콩타작하던 넓은 마당
낯설게도 작게 느껴지는가
월사금 대주던 누렁이 눈망울
요령 소리 선한데
헐헐한 헛간만 남아
눈길을 잡네

앞산 뒷산 골골마다
뻐꾸기 우는 마을
꿈에도 그리던 초가 삼간
용마루 다시 덮고
새벽빛 알리는 홰치는 소리
다시 들어볼 날 있으려나

마지막 등불

산새 노래할 제 가재 잡던 곳
한밤 내린 눈보다 더
순수한 정 넘치던 고향

세월 강에 휩쓸려
산천도 변하고
농심도 변하여 낯선데
마음 주던 등불마저 가

떠도는 마음 머물 곳 없는 이
사그라지는 황덕빛 하나
나그네 심사를 벗하여 주네

뿌리샘에서 길어올린 워낭 소리

김태호(시인)

시는 우리에게 무엇인가. 누군가가 시를 가까이 하는 이유를 묻는다면 목이 마를 때 물을 찾듯이, 우물 곁에서 아무런 생각없이 두레박줄을 당겨 물을 긷듯이 반사적으로 취하는 일상사로 여겨도 좋을는지 모르겠다. 아마도 오늘 만나보게 되는 김인옥 시인이야말로 시를 좋아하는 정도가 지나쳐서 현대시와 시조를 넘나들며 작품을 쓰기도 하고 늘 시집을 가까이 하며 시낭송에 열을 올리는 것을 볼 수 있다.

이순耳順의 늦은 시기에 시를 접한 시인이지만 시를 향한 열정은 가히 타의 추종을 불허하는 평소의 모습에서 십년의 적공積功 세월이 헛되지 않아 이제 개인 시집을 엮게 되었다니 그동안의 노력에 상찬賞讚을 보내고 싶다. 한 권의 시집으로서는 분량이 많은 100편의 시를 고집하는 시인의 심정을 이해하며 그의 시가 그동안 어떤 모습으로 이루어졌는지 살펴보기로 한다.

일별하여 보건데 그의 시는 어릴적 뛰놀던 고향을 제재로 한 그리움과 뉘우침의 정서를 많이 담고 있으며 오래 묵은 간장처럼 진한 여운을 남기기도 한다. 고향이란 누구에게나 소중히 간직할 추억의 대상인 동시에 삶의 밑바탕을 이루는 원형질이다. 시인의 숨결을 풀어내는 시의 소재로서 더 이상 좋은 재료는 없을 것이다. 지금까지 수많은 시인들이 고향을 노래하였으되 그 원천은

마르지 않는 샘물과도 같이 늘 우리 곁에 새롭게 다가온다.

　김 시인의 고향은 저 유명한 소백산맥의 문경새재와 이웃한 충청북도 땅 이화령 고개 어름인 것으로 파악된다. 옛부터 남녘 선비들이 한양 과거길에 오르내리던 이 고개는 산세가 깊고 험해 절경을 이루는 곳이지만 상대적으로 농토가 협소하여 농사짓고 살기에는 매우 척박한 곳으로 여겨진다. 그래서 그런지 김 시인의 시에서는 자갈밭을 일구는 어미소의 거친 숨소리가 느껴지고 깊은 골짜기 옹달샘에서 길어 올린 맑은 빛이 감도는 요령 소리를 듣는 것같다. 시인은 과연 이러한 고향을 제재로 하여 어떤 가락을 뽑아 올렸는지 다음의 작품을 통해 만나보기로 한다.

비 내리는
저수지에
수제비가 가득 뜨네

동무들과 물 위에
돌팔매로 띄우던
시장기

한 자락 구름 속에
잠들었던 추억
빗길 위에 어려 오네

－〈소낙비〉 전문

　어느날 비 내리는 저수지를 바라보며 어릴적 고향에서 물수제비 뜨던 생각을 아련히 떠올린 시다. 물가에 있는 작고 납작한 돌멩이를 주워 물 위에 팔매질하던 소년 시절. 담방담방 물 위를 차고 오르는 작은 돌멩이의 거침없는 질주에 배고픔도 잊고 웃음을

터뜨리던 추억을 잘 나타내고 있다. 간결함 속에서도 이렇다 할
놀이시설도 없이 시냇가를 배회하던 농촌 어린이들의 단조로운
일상을 잘 그려내고 있다고 하겠다.

이러한 가난한 농촌의 환경을 여실히 보여주는 시 두 편을 더
만나보기로 한다.

<blockquote>
코 흘릴 적 신발은 짚신이었다
짚신을 신고 학교에 가고
짚으로 만든 공을 차며 놀았다
공은 공대로 짚신은 짚신대로
콩나물 교실에 벗어놓은 신발
급할 때는 발에 맞으면 내 짚신
남의 짚신 가리기도 어려워
새 짚신 걸치는 날 몸이 날렸지
꿈 속에나 만나는 분신 같은 신발

-〈짚신 · 2〉 전문
</blockquote>

짚신은 볏짚을 엮어 만든 신발로서 운동화나 고무신이 귀하던
시절 시골에서 흔하게 만들어 신던 신발이다. 그러나 학교에 갈
때에도 공을 찰 때에도 짚신을 신었다니 요즘 젊은 세대에게는
상상하기 어려운 일이 아닐 수 없다. 어쨌건 시인에겐 어린 시절
마당에서 공을 차며 공과 함께 벗겨져 달아나는 짚신에 깔깔대며
웃던 그 시절이 마냥 정겨운 추억으로 떠오르고 꿈결처럼 느껴지
는 것을 어찌하랴. 분신 같던 짚신의 배경에는 어머니 품 속 같은
고향에 대한 신뢰가 자리하고 있음도 간과할 수 없게 한다.

한편 이러한 고향에 대한 그리움의 추억은 실제 살았던 그 옛
날 옛집을 찾아보면서 추억이 아닌 회억懷憶으로 변하여 현실과의
괴리를 느끼게 되고 세월의 무상함을 체감케 하기도 한다.

세월이 정지된 집

동트면 아버님 먼저
손잡으시던 사립문
낡은 담장 기대 조는데
인기척 알리는 기침소리만
귓전을 맴도네

콩타작하던 넓은 마당
낯설게도 작게 느껴지는가
월사금 대주던 누렁이 눈망울
요령 소리 선한데
헐헐한 헛간만 남아
눈길을 잡네

앞산 뒷산 골골마다
뻐꾸기 우는 마을
꿈에도 그리던 초가 삼간
용마루 다시 덮고
새벽빛 알리는 홰치는 소리
다시 들어볼 날 있으려나

–〈고향집〉 전문

　오랜 세월을 지나 고향마을을 찾은 시인은 맨 먼저 꿈 속에 그리던 옛 고향집을 찾았으리라. 어떤 모습으로 얼마나 변했을까. 아, 그러나 집 안에 들어서는 순간 아득한 시공을 넘어 세월이 정지된 듯한 낯선 집 한 채. 아버님 숨결을 간직한 채 낡은 담장 기댄 사립문이 지금껏 버티고 있고 콩타작하던 마당이며 누렁이 매

였던 헛간이 눈길을 사로잡는데 뻐꾸기 우는 소리는 들리지 않고
웅성대던 옛날의 집안 모습은 간 데 없다. 그러나 어이 할 것이랴.
이제라도 낡은 지붕 위에 용마루 다시 얹어 새 집을 짓는다면 고
향마을이 부활할 수 있을까. 꿈이라도 꾸어야만 가슴이 뚫릴 것
같은 시인의 심경에 숙연함마저 느껴지는 시다.
　다음은 이미 이 세상에 계시지 않는데도 늘 마음 한 구석에 살
아 계신 고향집 어머니를 생각하며 달에 의탁하여 빚은 시 한 편
을 더 만나본다.

　　　　정한수 떠놓고 지새우는 밤
　　　　가슴 속 거뭇한 멍이 들어
　　　　반달로 여위어가도
　　　　환한 빛에 가려
　　　　달무리로 우시는 줄 몰랐습니다

　　　　만월 되어 밤마다 조금씩
　　　　뜯기우는 젖가슴
　　　　어머님 기도를 몰랐습니다

　　　　초승달같이 굽어드는
　　　　내 허리를 만져보며
　　　　어머님 사랑 그립니다

　　　　　　　　　　　　　　－〈달〉 일부분

　은은한 달밤 뜰 한 귀퉁이에 정한수를 떠 놓고 몰래 자식들을
위해 소원을 빌고 계시던 어머니의 모습은 잊을래야 잊을 수 없
는 영상이다. 얼굴에 내색은 하지 않으셨지만 가슴에 멍이 든 어
머니의 사랑을 뒤늦게 깨닫는 사모곡이다. 소리없는 어머니의 간

절한 바람을 달무리로 우신다고 한 표현은 그 비유가 가히 절창
이라 할 만하다.
　지금까지는 김인옥 시인의 안태고향을 생각하는 시를 중점적
으로 살펴보았거니와 이제 여타 다른 시들을 만나보기로 한다.
먼저 김 시인이 현재 살고 있는 성남시 분당에서의 근황이 궁금
하지 않을 수 없다.

　　고개 떨군 노인이라도
　　찔레 향기 따라 이른 아침
　　불곡산을 오르고
　　이슬 같은 산새소리 신록에도 젖는다

　　손자 손녀 앞세워
　　남한산성 올라
　　선열이 밟은 자욱
　　오솔길 걷노라면
　　내 나라 내 강토 새로워지고

　　향기로운 마음 꿈길에 흐를 때는
　　호미 끝 묻어나던
　　흙냄새 그리워서
　　시골 향기 물씬 나는 모란장도 돌아본다

　　휘영청 달빛 밝아오면
　　별빛 속에 아른아른
　　피라미들 유영하는 탄천이 으뜸이라
　　금수 성남 분당은 제2의 고향

—〈우리 동네 · 1〉 전문

시를 보면 고향을 떠나 서울로 이주한 지도 어느덧 수십 년의 세월이 훌쩍 지났지만 아직도 고향을 잊지 못하는 가운데 새로운 정착지인 성남시 분당에서 마음 붙여 지내는 모습이 잘 드러나 있다. 집 근처에 위치한 시골 같은 분위기의 아름다운 불곡산과 남한산성, 모란장하며 시냇물이 흘러내리는 탄천의 뚝길은 시인에게 있어 제2의 고향을 선언케 하는 이유로 부각된다.

이제야말로 오랜 기간 뒤척이던 고향생각을 떨쳐내고 새로운 보람으로 충전된 안정된 삶으로 나아가고 있음을 엿보게 하는 것이다. 철 따라 이곳 저곳 산책길에 나서기도 하고 산책길에서 새로운 시상을 떠올리기도 한다.

이른 아침
은행나무 숲 거닐려니
마른 가을 잎들이
바람 쫓아 몰려다닌다

약수터 긴 의자
그녀 함께 머물던 자리에도
가을이 지나가다 머무는데

은행잎 건네며 살포시 웃던
박꽃 같은 그리움은
바람소리에 묻히고
옆자리 쓸어 보는 손길에는
가을 한 줌뿐이네

–〈가을 산책길〉 전문

늦가을 이른 아침 뒷동산 약수터로 운동삼아 산책길에 나선 시

인의 머리 속에는 고향마루 뒷동산을 오래내리던 잊지 못할 추억
과 늘 가슴 한 편에 자리잡고 있는 그리움의 여진이 바람에 실려
오기도 하고 바람소리에 묻히기도 하는 것이다. 인생도 시도 달
관의 경지에 이르렀다고나 할까.

　그러면 이처럼 다정다감한 시인의 가정에 대한, 가족에 대한
사랑은 어떤 모습일까. 이 시집의 표제시이기도 한 아내에 대한
시 한 편을 음미해 본다.

　　검은 머리 마주 풀고
　　서로 맡긴 우리 운명
　　꽃잎 지는 세월은
　　곱게 물든 노을 앞에 섰네

　　터널에 들 때에도
　　등불이 될 때에도
　　미처
　　하지 못한 한 마디

　　거친 손 슬며시 잡아보며
　　사슴 속 담아둔 말
　　언제나 임자를
　　업고 다닌다네 이 사람아

– 〈임자에게 바치는 노래〉 전문

　아내는 살면서 늘 기쁠 때나 슬플 때, 어려움이 닥쳤을 때에도
근심 걱정을 함께 나눈다. 그러나 그동안 정다운 눈길 한 번 주지
못하고 지나온 것을 후회하는 시인이다. 아내의 속마음을 모를
리 없건만은 그렇게 하지 못하였음을 뉘우친다. 아직도 드러내놓

고 고생한단 말을 꺼내지 못하는 처지이지만 마음 속에는 항상 아내를 믿고 사랑한다는 것을 시를 빌어 넌지시 고백하는 시인의 때 묻지 않은 심성을 간파하게도 된다.

지금까지 시인의 고향과 주변 생활 등 개인적인 시를 접해 보았으나 김 시인은 결코 이웃과 사회에 무관심하거나 남의 일 보듯 넘기지 않는 문사文士로서의 기질을 갖추고 있으며 미래를 걱정하는 나라 사랑의 정신 또한 투철한 면을 보이고 있다. 시를 통해 시인의 또 다른 면모를 살피기로 한다.

자갈만 남은 비탈밭을
누런 황소 앞세우고
쟁기몰이한다

밭머리 남의 쟁기
삭은 눈물만 흘리면서
집 주인 기다리는데

우리집 몽당쟁기
힘겨워 섧다고
이슬 걷어차며 징징댄다

꽃바람 아쉬워 가래질해도
쭉정이만 남는 가을걷이
늘어나는 빚가리에 허리가 휘어
뜬구름에 한숨을 실어보지만
이 골 저 골 울리는 메아리뿐이로세

울거라 쟁기야 원없이 울거라

내년 밭갈이 할지 말지 하나니
–〈농심·2〉 전문

농심農心은 글자 그대로 농사짓는 이의 마음을 일컫는 말이로되 넓게 해석하면 농업환경이나 농촌의 실상까지도 포괄하는 뜻으로 해석할 수 있을 것이다. 공업 등 타분야 산업이 발전함에 따라 상대적으로 농업이 쇠퇴하고 농민의 생활이 간고해지고 있는 것이 사실이다. 자자손손 대물림하여 천직으로 여기던 농삿일이 어려움을 겪고 있는 처지를 듣고 농민의 실상을 개탄하며 피폐되어 가는 농촌을 염려하는 충정이 담겨 있다.

이러한 시인의 목소리는 시 〈농심·1〉에서도 잘 나타나고 있는 바 "빈 들녘/ 허수아비// 빈 가슴/ 정둘 곳 없어// 하루 해가 저무는/ 노을만 본다" 고도 읊고 있다. 이 뿐 아니라 시인의 시대의식을 적나라하게 말해 주는 〈노숙자〉〈기제사〉〈남한산성〉〈사할린의 비〉〈상주가 되어〉 등의 시편을 볼 때 결코 시인이 과거지향적인 서정시에만 매달리지 않고 미래를 여는 새로운 패러다임을 개발 또는 천착하고 있음도 간지할 수 있다고 할 것이다.

다음 〈기제사〉와 〈사할린의 비〉 두 편을 더 만나보자.

명절날
당숙님 하시는 말씀
고조부님 제사 없어지면
집제사만 따로 지낸다고……
그때부터 기제사엔
오촌 육촌 그림자도 볼 수가 없었네

삼촌이 음복하며 말씀하신다
길 막히는 세월 되었으니

저녁 겸 잔 올림이 어떠냐고
이제부터
밤참 없는 제삿날이 되겠구나

오늘밤은 형님이 말씀하시네
모두 바빠 모이지 못할 바에는
명절 차례만 올림이 어떠냐고

탯줄 달린 자식들
뭐라 할까
처삼촌 벌초하듯 하는 제사
묏등에 잔만 올리자고 하면

-〈기제사〉 전문

기제사는 해마다 돌아가신 기일忌日에 음식을 차려 조상에게 정
성을 표하는 예절로서 오랫동안 우리 민족이 꿋꿋하게 지켜온 미
풍양속이다. 이러한 기제사가 최근에는 여러가지 이유로 변형되
거나 존립기반을 잃어가고 있음을 종종 보게 된다. 이를 안타까
워하는 시인의 속내가 잘 나타나 있다. 편리함만을 추구하는 경
박한 세태를 걱정하는 독자들의 공감을 불러오리라 생각된다.

추운 나라로 끌려 갔다
황소같이 순한 눈빛으로
게다짝이 끄는 대로 다소곳이
모진 목숨 부지하려 끌려 갔다

별빛 보고 막장 가고
달빛 보고 한숨 쉬며

　　허기를 달래는 냉수 한 사발
　　오찌아탄광은 그렇게 저물었다

　　부모형제 그리워서 오십년
　　살구꽃이 보고파서 오십년
　　하고 많은 밤 뻘밭에서 흘린 눈물
　　사할린의 잦은 비로 내렸답니다
–〈사할린의 비〉 전문

　사할린은 러시아 동부에 있는 섬으로서 2차세계대전중 그 일부가 일본의 영토였던 관계로 우리 동포가 징용으로 끌려가 탄광촌의 노역에 종사하며 나라 잃은 슬픔에 울던 비극이 있었다. 이 시는 그때 힘없던 우리 동포가 흘린 눈물을 '사할린의 비'로 형상화 한 것이다. 일제 광복 후에도 어렵사리 조국을 찾은 사할린 동포들의 뜨거운 눈물을 우리들은 기억하고 있다. 아마도 시인이 알고 있는 고향의 친지 중에서 뒤늦게 귀향하여 고향인 이화령 고개턱까지 돌아온 분이 있었으리라. 그들의 애끓는 망향의 심정을 함께 울어준 가편이라 하겠다.

　이처럼 김인옥 시인은 이제 자연인이 아닌 한 사람의 시인으로서 당당히 시단의 일각에 모습을 드러내었다 할 것이다. 이제까지의 시에서 보는 바와 같이 지나온 연륜에서 빚어내는 독특한 가락과 열정을 바탕으로 하여 이룩한 성과를 더욱 빛나게 하기 위해서는 앞으로의 대처가 더욱 중요하다고 보며 시조와 자유시에 대한 구분을 엄격히 하여 시조는 시조로서, 자유시는 자유시로서의 특징과 장점을 잘 살리고 문학과 시의 본령에 이바지하는 작품 구상에 힘씀으로써 보다 탄탄한 시인의 길로 나아가게 될 것이란 점을 사족으로 달며 부족한 시평에 갈음코자 한다.

김인옥 시집

임에게 바치는 노래

지은이 / 김인옥
펴낸이 / 김재엽
펴낸곳 / **한누리미디어**
디자인 / 지선숙

121-840, 서울시 마포구 서교동 395-13 서원빌딩 2층
전화 / (02)379-4514, 379-4519
Fax / (02)379-4516
E-mail/hannury2003@hanmail.net

신고번호 / 제300-2006-61호
등록일 / 1993. 11. 4

초판발행일 / 2010년 6월 1일

ⓒ 2010 김인옥 Printed in KOREA

값 8,000원

※잘못된 책은 바꿔드립니다.

ISBN 978-89-7969-367-6   03810